Arenas y trinos
Abecedario del río

Sand and Song
The ABCs of the River

Por / By

Alma Flor Ada &
Rosalma Zubizarreta-Ada

Ilustraciones de / Illustrations by

Gabhor Utomo

Piñata Books
Arte Público Press
Houston, Texas

Esta edición de *Arenas y trinos: Abecedario del río* ha sido subvencionada en parte por la Clayton Fund. Les agradecemos su apoyo.

Publication of *Sand and Song: The ABCs of the River* is funded in part by a grant from the Clayton Fund. We are grateful for their support.

¡Piñata Books están llenos de sorpresas!
Piñata Books are full of surprises!

Piñata Books
An Imprint of Arte Público Press
University of Houston
4902 Gulf Fwy, Bldg 19, Rm 100
Houston, Texas 77204-2004

Diseño de la portada por / Cover design by Bryan Dechter

Cataloging-in-Publication (CIP) Data is available.
Los datos de catalogación de la Biblioteca del Congreso están disponibles.

Printed in Hong Kong in October 2019–December 2019
by Paramount Printing Company Limited
7 6 5 4 3 2 1

Para Rosalma,
gracias por compartir conmigo
tu hermoso río.

Con gratos recuerdos
del Río Yuba,
en el norte de California,
y de los queridos ríos
Tínima y Hatibonico,
de mi infancia
camagüeyana.

—AFA

For my mother,
who first introduced me to the ocean,
that place to which
all rivers flow.

And for all of those, young and old,
who work hard to protect
the waters of life
on Earth.

—RZA

3

Agua de río

El agua quieta es silente,
pero, cuando echa a correr,
no sólo baila en las rocas
también se vuelve canción.

River Water

Still, silent water
starts to run,
dancing over rocks,
turning into song.

Bosque

Pino, tras pino, tras pino.
Margen izquierda: pinar.

Encinas y más encinas.
Margen derecha: encinar.

Dos orillas
de la garganta del río.
Tan cercanas, tan distintas.

Y en el suave atardecer
el pinar y el encinar
olvidan sus diferencias:
son sus sombras
reflejadas
en el espejo del río,
sólo una.

Forest

One pine after another;
left bank, pine forest.

One live oak after another;
right bank, oak forest.

Two banks
of the river gorge.
So close, and yet so different.

Beneath the afternoon sun
pine forest and oak forest
reconcile their differences,
their images
mingling as one,
mirrored on
the river's still waters.

Camino

Corre el río
entre rocas,
rompe en espumas,
en los remansos quietos
rebulle en vida.
Insectos, ranas, peces
en él habitan.

Por una alta ladera
pasa el camino.
Excursionistas
cargados con mochilas,
gentes en bicicleta,
niños y niñas,
por él llegan al río.

El delgado sendero
sólo se nota
cuando alguien camina
entre los pinos.

Desde lo alto del cerro,
curva tras curva
la luz hace del río
cinta plateada.

Desde el río,
sendero de agua
saltando entre las rocas,
el camino en lo alto
cinta de arena.

Path

The river runs
between the rocks,
breaks into foam.
In quiet pools
it teems with life:
insects, frogs, fish.

On the steep mountainside,
a narrow path.
Hikers walk by
laden with packs.
Others on bicycles,
young boys and girls
head to the river.

The thin trail
is only visible
when walking
among the pines.

From high on the hill,
the river curves
into a silver ribbon.

From the river below,
a trail of water
dancing among the rocks,
the path on high
a meandering ribbon of sand.

Chirrido de la cigarra

Chirrido de la cigarra
repe-repe-repetido.
Toda la noche, cigarra,
prima cantora del grillo
para dejarnos saber
que dormimos en tu mundo
libre
oloroso de pinos
esta noche junto al río.

Cicada Chirping

Cicadas chirping,
chirp-chirp-chirping,
all night long.
Singing cousin of the cricket
you are letting us know
we sleep in your world tonight
out in the open,
filled with the scent of pines,
as we lie next to the river.

Dedos en el agua

Estoy quieta en la orilla
mirando el vuelo grácil
de las libélulas;
los bichitos de agua
parecen patinar
sobre la superficie;
las rocas —blancas, grises,
azules, aceradas— en el fondo.
Después de un largo rato
pececitos curiosos
rodean
los dedos de mis pies.
¿Creen acaso que son
manjar apetitoso?

Toes in the Water

Sitting still
by the water's edge
watching the dragonflies'
graceful flight;
waterbugs skating
on the surface;
a backdrop of rocks,
shades of white, grey, blue and steel.
After a long while,
my toes are surrounded
by a shoal of curious tiny fish.
Do they think perhaps they've found
a new and tasty dish?

Estrellas

He aprendido un secreto
esta mañana al amanecer.
De día
las estrellas se bañan
en el río.
Aquí
donde el agua salta entre las piedras
las veo brillando
sobre la superficie
desde que sale el sol.

Stars

This morning at dawn,
I learned a secret.
During the day,
the stars
bathe in the river.
Here,
where the water dances among the
rocks,
I see them twinkling
ever since
the sun came up.

Fogata

El sol se ha ocultado
tras la montaña.
El río se envuelve
en sombras.
Encerrada en un círculo
de piedras
sobre la arena,
los troncos
de madera reseca
chisporrotean.
Junto al calor del fuego,
feliz, serena,
espero la salida
de las estrellas.

Campfire

The sun has hidden
behind the mountain.
The river has wrapped itself
in shadows.
On the sand,
in a circle of stones,
dry logs burn
giving off sparks.
Next to the fire,
happy and peaceful,
I wait for the stars to come out.

Guijarros

Guijarros,
cantos rodados,
blancos, negros y veteados,
azules, verdes y grises,
de cuando en cuando,
dorados.

Pebbles

Pebbles,
Small round stones,
white, black and speckled ones,
blue, green and grey,
and every so often,
a golden one.

Huellas en la arena

En la arena
las huellas
de pisadas
nuestras, de otros,
casi borradas.

Pero junto a las rocas,
claras, muy claras,
las que dejó una ardilla
esta mañana.

Footprints in the Sand

On the sand,
blurry footprints,
ours and others',
barely visible.

Next to the rocks,
the tracks a squirrel left this morning
quite sharp and clear.

Isla

Roca en el medio del río
isla desierta.
Recostada sobre ti,
¿en qué piensa mi hija
rodeada de agua?

Island

Boulder in the middle of the river,
a desert island.
Resting on your surface,
surrounded by water
I wonder what thoughts
are flowing through my daughter?

Espejo roto

¿Quién rompió
el espejo del río
y regó las astillas
en el cielo de noche?

Broken Mirror

Who broke the river's mirror
and scattered the shards
across the night sky?

Kilómetros

Hay muy pocos
kilómetros
desde el río
hasta la autopista
que lleva a la ciudad,
al bullicio, a la prisa,
a los altos edificios.

Pero aunque pocos,
esos kilómetros
permiten habitar
un mundo muy distinto . . .
en la callada serenidad
de nuestra tienda de campaña
en esta orilla
del apacible río.

Kilometers

There are only a few
kilometers
from the river
to the freeway
heading back to the city,
to the din and rush
between tall buildings.

Yet those few kilometers
allow us to dwell
in a very different world . . .
the quiet peacefulness
of our tents,
on the shore
of this gentle river.

Libélula

Batiendo las alas,
incesante,
la libélula.
Abanico de encaje
sobre el agua del río.

Dragonfly

Dragonfly,
wings fluttering
unceasingly,
above the waters,
a delicate fan of lace.

Llamado

"Caminante, no hay camino,
se hace camino al andar . . . "
—Antonio Machado

Llamado
del otro lado del río:
—¿Por dónde puedo cruzar?
—Para cruzar este río, caminante,
no hay camino.
Hay que lanzarse a nadar.

Calling

"Wanderer, there is no path,
the path is made by walking . . . "
—Antonio Machado

A call
from across the river:
"Where's a good place to cross?"
"To cross this river, wanderer,
there is no path.
You must dare yourself to swim."

Mariposa

Cuando bate las alas
la mariposa
¿es que aplaude la hermosura
de la rosa?

Butterfly

When the butterfly
flutters her wings—
is she applauding
the beauty of the rose?

Neumáticos

Qué sorpresa, tubo neumático,
en vez de correr por la carretera
soportando el peso del camión,
verte aquí,
libre en el río,
saltando rápidos
con el jolgorio de chiquillos
sentados en tu lomo
negro, liso, redondo.

¡Qué gozo
que en lugar de dejar
detrás de ti
humo en la carretera
dejas risas
que se confunden
con el trinar de los pájaros
en la orilla!

Inner Tubes

What a surprise,
inner tube,
to see you here,
instead of rolling down the highway,
bearing the weight of a truck.
Here you play freely,
skimming river rapids,
with joyful children
riding on your smooth and rounded back.

What joy!
Instead of leaving a trail
of black smoke behind you,
you leave a trail of laughter
mingled with the sound of birds
singing from the shore.

Niña de la trusa azul

Niña de la trusa azul
que correteas en la arena,
saltas y salta contigo
tu hermosa trenza morena.

Y mientras corres y gritas
y das saltos en la arena
brilla el sol, huye la nube,
reluce tu piel morena.

Girl in a Blue Swimsuit

Girl in a blue swimsuit
playing on the sand,
as you leap and fly, so does
your beautiful brown braid.

As you run and shout,
leaping on the sand,
the sun shines, clouds scatter
and your lovely dark skin gleams.

Oro

Todavía hoy
tantos años después
de acabarse la "Fiebre del Oro"
viene alguna gente
—palas, cubos y coladores a la espalda—
a buscar oro
entre tus aguas, Yuba.

Otros
olvidados del oro
prefieren el tesoro
de agua fresca escondida,
las altas márgenes bordeadas
de encinas y de pinos,
los guijarros pulidos,
las rocas de figuras dispares
y este encuentro
de vida con la vida.

Gold

Even today
so many years after
the Gold Rush ended,
some folks arrive
laden with shovels, buckets and pans
to search for gold amid your waters.

Others,
forgetting about gold
prefer as treasures
fresh hidden waters,
tall banks flanked
with oak and pine,
polished round pebbles,
oddly shaped boulders,
all this encounter
of life with life.

Pececitos del río

Junto a las rocas musgosas
nadando incesantemente
pequeñitos,
transparentes,
pececitos de cristal.

Tiny River Fish

Next to mossy rocks
swims a constant swarm
of teeny-tiny
transparent
crystal fish.

Que quema el sol

Agradecida a David Chericián

Brilla la piel
bañada de sudor.
Que quema el sol.

Busco la sombra
de un arbolito.
Que quema el sol.

Abrasa la arena
mis pies descalzos.
Que quema el sol.

Salto en el agua fresca,
nado y renado.
Que quema el sol.

As the Sun Burns

With gratitude to David Chericián

Skin gleams,
bathed in sweat,
as the sun burns.

I search for shade
next to a small tree,
as the sun burns.

Sand burns
my bare feet,
as the sun burns.

I jump into cool water
to swim and swim some more
as the sun burns.

Rana

El sol sobre la montaña,
libélula sobre el agua,
pájaro en la rama;
sobre la roca,
la rana.

Frog

Sun over the mountain,
dragonfly over the water,
bird on a branch.
On the rock,
a frog.

Sol

Sol y río
río y sol.
Sol y nube
nube y sol.
Sol y agua
agua y sol.
Sol, agua, nube,
río,
tarde, quietud,
encanto.

Sun

Sun and river,
river and sun.
Sun and cloud,
cloud and sun.
Sun and water,
water and sun.

Sun, water, cloud,
river,
afternoon, stillness,
delight.

Trino escondido

De la fronda lejana
llega tu trino.
¿Desde cuál alta rama
hasta mí vino?
No sé qué color tienes
ni dónde está tu nido
pero oyendo tu trino
sé por qué vivo.
Igual que tú, avecilla,
quiero cantar
soñando que mi canto
pueda alegrar
a quién nunca sabrá
de dónde nace.

Hidden Birdsong

From the distant greenery,
your song bursts forth.
Which high branch
did it come from?
I don't know
what color you are,
nor where your nest is hidden.
Yet as I hear your song
I know why
I am alive.
Just like you,
little bird,
I want to sing my song
dreaming it brings joy
to someone who will never know
where the song comes from.

Uno y uno no son dos

Uno y uno no son dos.
Al unirse sol y río
se multiplican:
luz, sombras,
peces, algas,
quietud, rocas,
compañerismo, alegría,
sereno júbilo,
gozo, descanso,
nadar, trepar,
explorar.
Mucho más que uno más uno
al juntarse sol y río.

One Plus One Is Not Two

One plus one is not two.
When sun and river
come together,
they multiply:
light, shadow,
fish, algae,
stillness, rocks,
fellowship, joy,
peaceful celebration,
delight, rest,
swimming, climbing,
exploring.
Much more than one plus one,
when sun and river
come together.

Vía Láctea

Hace frío junto al río.
Me despierto
entumecida
en el saco
de dormir.
Descubro
allí
en el medio del cielo
mancha de luz,
la Vía Láctea.
Para los peregrinos
en busca de milagro
o de perdón:
Camino de Santiago.
Para los esclavos
fugitivos:
ruta hacia la libertad.
Vuelvo a dormirme
soñando
que para mí
su mancha de luz
es guía
hacia el amor sin final.

Milky Way

It's chilly next to the river.
I awaken
stiff with cold
inside my sleeping bag.
Then I see,
in the middle of the night sky
a broad streak of light,
the Milky Way.
For travelers
in search of miracles
or forgiveness,
it's the Way of St. James.
For those escaping slavery,
a path to freedom.
Falling back asleep,
I dream of the star-lit path
as my guide to
boundless love.

Ventana o *window*

Para decir en inglés
ventana
decimos *window*.
Pero no importa
cómo le llamemos,
el silencio
junto al río
ha sido una ventana,
a window,
abierta
al misterio
de un milagro de estrellas
cada noche,
abierta
al misterio
de un milagro de sol
cada mañana.

Window or *Ventana*

To say window
in Spanish
we say *ventana*.
Yet no matter
what word we choose,
the peaceful silence
next to the river
has been a window,
una ventana,
open
to mystery
each night,
a miracle of stars;
open
to mystery
each morning,
a miracle of sun.

Xóchitl

Recostada en las rocas,
tu negro pelo suelto,
en este río,
cercano a Sacramento,
¿eres princesa azteca
arrancada de tu suelo
o más bien
doncella legendaria
que regresas
a tu tierra de Aztlán?

Xóchitl

Resting on the boulders
with your flowing dark hair,
on this river
close to Sacramento—
are you an Aztec princess
torn from your land
or rather,
a legendary maiden
returning to your home
in Aztlán?

Yuba River

Miners broke
the peaceful silence
of your shores
with cries of "Gold!"
whenever they found
a small nugget
as they sifted
through your sands.
Today,
youngsters riding
inner tubes
shout excitedly
as they fly by,
swept by the current
over your rapids.

Río Yuba

Los mineros
rompieron la quietud
de tus orillas
gritando: "Oro"
cuando al cernir
la arena
descubrían
una pepita dorada.
Hoy
niños montados
en cámaras
gritan entusiasmados
al pasar
arrastrados por la corriente
de tus rápidos.

Zunzún

Esmeralda con alas
el zunzún,
zumbador,
colibrí,
picaflor,
chuparrosa,
hojita voladora
desprendida del tronco,
flor alada
volando sin descanso
en la mañana.

Hummingbird

An emerald with wings,
hummingbird,
hummer,
sun angel,
wood nymph,
coquette,
tiny flying leaf
that has left the branch;
winged flower
flying tirelessly
in the morning sun.

Alma Flor Ada

Rosalma Zubizarreta-Ada

Sand and Song was born from a mother-daughter camping trip on the Yuba River. Alma Flor Ada, born in Cuba, and Rosalma (Rosa) Zubizarreta-Ada, born in Perú, have collaborated for decades on teaching materials and pedagogical texts. In addition to her own work as a group facilitator and writer, Rosalma has also created the English versions of many of her mother's award-winning books.

Arenas y trinos nació de los días y noches en que madre e hija acamparon a las orillas del río Yuba. Alma Flor Ada, originaria de Cuba, y Rosalma Zubizarreta-Ada, nacida en Perú, han colaborado en múltiples ocasiones en materiales educativos. Además de sus propios trabajos sobre la facilitación de grupos, Rosalma ha creado la versión en inglés de muchos de los libros infantiles escritos por su madre.

Gabhor Utomo was born in Indonesia and received his degree from the Academy of Art University in San Francisco in 2003. He has illustrated a number of children's books, including *Mayanito's New Friends / Los nuevos amigos de Mayanito* (Piñata Books, 2017), *Lupita's First Dance / El primer baile de Lupita* (Piñata Books 2013) and *Kai's Journey to Gold Mountain* (East West Discovery Press, 2004). Gabhor's work has won numerous awards from local and national art organizations. His painting of Senator Milton Marks is part of a permanent collection at the California State Building in downtown San Francisco. He lives with his family in Portland, Oregon.

Gabhor Utomo nació en Indonesia y se tituló en Academy of Art University en San Francisco en el 2003. Ha ilustrado varios libros infantiles, entre ellos *Mayanito's New Friends / Los nuevos amigos de Mayanito* (Piñata Books, 2017), *Lupita's First Dance / El primer baile de Lupita* (Piñata Books 2013) y *Kai's Journey to Gold Mountain* (East West Discovery Press, 2004). Las obras de Gabhor han sido premiadas por organizaciones de arte locales y nacionales. El retrato que pintó del Senador Milton Marks forma parte de una colección permanente en el California State Building, en el centro de San Francisco. Gabhor vive con su familia en Portland, Oregon.